AF398191

Die Poesie, und Germanien

Justus Friedrich Wilhelm Zachariä

copyright © 2023 Culturea éditions
Herausgeber: Culturea (34, Hérault)
Druck: BOD - In de Tarpen 42, Norderstedt (Deutschland)
Website: http://culturea.fr
Kontakt: infos@culturea.fr
ISBN:9791041933341
Veröffentlichungsdatum: FEBRUAR 2023
Layout und Design: https://reedsy.com/
Dieses Buch wurde mit der Schriftart Bauer Bodoni gesetzt.
Alle Rechte für alle Länder vorbehalten.
ER WIRT MIR GEBEN

Ein Gedicht

Die Poesie, und Germanien

[3] Jüngst saß *Germanien* am hohen Donaustrand'

In königlichem Pomp'; ein purpurnes Gewand,

Nicht mehr, wie sonst, das Kleid von wilder Thiere Fellen,

Floß an dem Ufer hin, und röthete die Wellen.

Um ihre Stirn bog sich ein frischer Lorbeerkranz;

Die Wange glühte sanft, und ihrer Augen Glanz

[4] Schien ungewohnt belebt; aus allen ihren Zügen

Brach ein glückseelger Tag vom reinesten Vergnügen.

Der Musen holdes Chor, mit jedem Reitz geziert,

Drang sich um sie herum, von Gratien geführt;

Indem um sie schon her die Wissenschaften standen,

Die mit den Musen nun freundschaftlich sich verbanden.

Germanien sah sie, und nahm die Götterschaar

Um ihren Thron herum nicht ohn' Entzücken wahr;

Und voll von einem Glück, das ihr bisher gefehlet,

Sprach sie, so wie vertraut die Muse mir erzehlet:

»Freundinnen, wie entzückt mich meines Reiches Flor!

Gerächt für so viel Schwach, heb' ich mein Haupt empor,

Das eure Lorbeern trägt, mir größre Siegeszeichen,

Als die im Schlachtfeld mir die Kriegesgötter reichen.

[5] Kein Sieg hat so viel Glück auf dieses Reich gebracht,

Als dieser stille Sieg von eurer süssen Macht,

Durch den die Barbarey aus dem ihr eignen Norden

Zwar langsam, doch nunmehr auch ganz verjaget worden.

Mein Adler donnert noch mit ungeschwächter Kraft;

Schon lange dringt der Ruf von tiefer Wissenschaft,

Und von Gelehrsamkeit, so sehr den Deutschen eigen,

In jedes ferne Land. Laßt die Trompete schweigen,

Die oft bey kleinerm Ruhm partheyisch Fama bläßt;

Die Wahrheit rühmet uns; der Ruhm, den man uns läßt,

Ist nicht verachtenswerth; kein Volk hat mehr erfunden,

Mehr Weise dargestellt, mehr Hindrung überwunden.

Allein obgleich mein Volk so manche Kunst erdacht,

Obgleich es *Leibnitze* und *Wolfe* groß gemacht;

[6] So mußt' es doch den Spott der stolzen Nachbarn tragen,

Da noch Witz und Geschmack in schweren Fesseln lagen.

Besonders traurtest du, entehrte *Poesie!*

Die Nacht der Barbarey begrub manch groß Genie;

Die *Dummheit* herrschte stolz, sann nur auf Nebendinge,

War groß in Unvernunft, in Reim- und Wortgeklinge.

Doch endlich kömmt die Zeit, da auch der Deutsche zeigt,

Der Himmel, den er trinkt, das Land, das ihn gezeugt,

Sey eben so geschickt, mit mächtgen Influenzen

Den Dichter zu erhöhn, als unsrer Nachbarn Grenzen.

So mancher grosse Geist hebt feurig sich empor;

Von allen Seiten dringt der Glückwunsch in mein Ohr;

Der Patriot schaut auf, und sieht auf Adlersschwingen

Der deutschen Dichter Ruhm bis an die Sterne dringen.«

[7] So sprach *Germanien*. Ein stiller Beifall floß

Aus jedem Aug' ihr zu, da sie die Lippen schloß.

Itzt aber drang betrübt bis zu der Göttin Füssen

Die deutsche *Poesie*. Ihr Herz von Gram zerrissen,

Hob ungestüm die Brust; tief in dem Auge saß

Melancholey und Harm und Unmuth Sie vergaß,

Wie sehr das freudge Lob *Germaniens* sie ehrte,

Und ließ dem Schmerz den Lauf, den sie im Busen nährte.

»O Göttinn, (fieng sie an) verzeih, wenn mich das Lob,

Das zu partheyisch nur, und zu früh mich erhob,

Wenn mich dies Lob nicht rührt, und statt dir Dank zu sagen,

Nur Unmuth und Verdruß vor deinem Throne klagen.

Zwar ist die alte Nacht der Barbarey entflohn;

Mein ewger Lorbeer grünt um manchen würdgen Sohn,

[8] Der ohne Fürstengunst, und Reichthum, und Mäcene,

Sich zu den Sternen hebt; in seine hohen Töne

Das Lob der Gottheit mischt; die Menschen Großmuth lehrt,

Die Tugend prediget, und durch sein Leben ehrt:

Zwar glüht noch manche Brust vom wahren Dichterfeuer;

Noch schallt Begeisterung aus mancher kühnen Leyer,

Und stellt der Nachwelt einst ein grosses Zeugnis dar,

Daß nicht dein ganzes Volk der Dummheit Sklave war:

Doch, Göttin, welch ein Schwarm von dichterischen Thoren,

Im leeren Bathos stark, im Unsinn ganz verlohren,

Copien, nur dem Bild in seinen Fehlern gleich,

Schreyn ihr prosaisch Lied frech durch dein ganzes Reich.

Kaum fängt ein *Haller* an, groß, stark, und schwer zu dichten,

So eilt der Thor sein Lied nach seinem Schwung zu richten;

[9] Ahmt nur die Fehler nach; ist niedrig, dunkel, schwer,

Von harten Worten voll, und von Gedanken leer.

Läßt uns ein muntrer Geist des *Tejers* Laut' erklingen,

So fängt halb Deutschland an Geschwätz und Tand zu singen;

Jedwede Presse schwitzt von zu viel Lieb und Wein,

Und für des Heiden Ruhm vergißt man Christ zu seyn.

Erzehlt ein *Gellert* uns, und sehn wir mit Vergnügen

Den ihm nur eignen Scherz um seine Leyer fliegen:

So tändelt jeder Thor, kein Brief und kein Gedicht

Erscheint, daß nicht darinn ein falscher Gellert spricht.

Und alles schallt dies Volk gleich einem Echo wieder.

Ein *Klopstock* singet kaum das würdigste der Lieder;

Kaum folgt ihm *Bodmer* nach, und denkt mit Miltons Sinn;

So stellt sich neben sie der Sänger *Nimrods* hin.

[10] Zwar gern wollt ich die Wuth der Nachahmung vergeben,

Denn sie wird immer noch des Urbilds Glanz erheben,

So sehr sie es verfehlt. Der schlechteste Copist

Mußt' erst Bewundrer seyn, und zeigt auch, daß ers ist:

Doch, Göttinn, daß man itzt noch mehr als fühlloß bleibet,

Wenn *Klopstock* göttlich singt, Satiren auf ihn schreibet,

Und *Bodmers* Muse höhnt, und *Wielands* Lied verschmäht;

Dies ist *Germanien,* was mir zu Herzen geht.

In Leipzig, wo vor dem der *Schlegel* Lied gesungen;

Wo noch ein *Gellert* singt, und *Cramers* Harf' erklungen,

In Leipzig thront und herrscht ein blinder Aristarch,

Der Reime Patriot, der Prosa Patriarch.

Vergebens zeichnen ihn des strengen Satyrs Schläge,

Er achtet Striemen nicht, und bleibt auf seinem Wege;

[11] Und tadelt allezeit, sobald ein grosses Lied

Nicht an dem Boden kriecht, und seiner Zucht entflieht.

Sey Richter zwischen mir, und diesem stolzen Manne,

Den ich mit ewgem Haß aus meinem Reich verbanne!

Sey Richter zwischen mir, und seiner feilen Zunft,

Und räche dich und mich, und Tugend und Vernunft.

Ists möglich, daß ihn noch der Deutsche lästern hören

Und ihm vergeben kann, wenn von Seraphschen Chören

Das größte Lied ihm tönt, der göttlichste Gesang,

Der nie so groß, so rein im Alterthum erklang?

Wie konnt' er? Heidnisch schön sang nur der fromme Heide,

Und göttlich singt der Christ. Ein Geist beseelte beyde,

Allein *Urania* erhebt mit stärkrer Kraft,

Als wenn *Calliope* nur leere Fabeln schafft.

[12] Welch' eine Hoheit herrscht in diesen Epopäen!

Die Thräne folget bald, wenn wir die Leiden sehen,

Die unser Heil erkauft. Wir fühlen unsern Werth,

Indem wir sehn, wie treu der Engel Schutz uns ehrt.

Dann hebt das heilge Lied, voll von der reinsten Tugend,

Des Alters frohe Brust, und feurt das Herz der Jugend.

In ewgem Glanze stralt die *fromme* Poesie,

Und die Religion bekehret auch durch *sie*.

Dies alles fühlt der nicht, der niemals sich erhoben

Aus Tiefen, wo er kriecht; der nie was anders loben,

Was anders fühlen kann, als seiner Schüler Lied,

Das, seinen Reimen gleich, dem Staube nie entflieht.

Und nicht die Dummheit nur der Reimer lehrt er schmähen;

Die *fromme* Dummheit auch sucht er zu hintergehen;

[13] Mischt die Religion in seinen Dichterkrieg,

Und giebt den *Hudemanns* lautjauchzend Kranz und Sieg.

O Göttinn ist denn dies der Lohn der größten Gaben,

Die viel Jahrhunderte uns vorenthalten haben;

Füllt darum *Klopstocks* Lied mit Himmel unsre Brust,

Und schützt es darum nur ein Nordischer *August,*

Daß es ein *Gottsched* schmäh? Darf noch in diesen Tagen

Er, und der Dunse Schaar, solch' einen Angriff wagen?

Und ist kein Patriot, der itzt das Schweigen bricht,

Und meine Rechte schützt, und für die Tugend spricht?«

Hier schwieg die *Poesie*. Und tiefer Kummer hüllte

In Wolken ihre Stirn. Der Gram, der sie erfüllte,

Durchdrang *Germanien;* ihr patriotsches Blut

Stieg auf den Wangen auf, und bald sprach sie voll Muth:

[14] »Die Klagen sind gerecht, o Freundinn, die ich höre.

Doch, Göttinn, glaub' auch noch zu meines Volkes Ehre,

Daß nicht in kleiner Zahl noch Kenner übrig sind,

Die nie ein *Schönaich* reizt, ein *Gottsched* nie gewinnt.

Ihr Zorn verachtet längst den Schüler und den Meister,

Und die gesamte Schaar der niedern kleinen Geister,

Die einen *Herrmann* lobt, der von der Römer Macht

Mich zu befreyen sucht; mich aber in der Nacht

Und Dummheit Fessel schlägt, und deinen Zorn verdienet,

Daß um sein leeres Haupt entweihter Lorbeer grünet.

Doch, Göttinn, wen rührt noch der schaale deutsche Held,

Und seine plumpe Magd im blutgen Siegesfeld?

Laß noch zehn *Arouets*[1] das, was sie nicht verstehen,

Und noch zehn *Gottscheds* mehr ihr Meisterstück erhöhen;

[15] Der kluge Deutsche lacht und sieht mit bitterm Hohn

Auf *Gottscheds* Pralerey, und seinen würdgen Sohn;

Sieht, wie voll Wörtertand, sich zwölf Gesänge dehnen,

Und die Bewunderer des *Herrmanns* alle gähnen

Blick auf, und tröste dich! Der Schmuck der Nation,

Und alle, welche längst dem deutschen Helikon

Zur wahren Zierde stehn, sie alle Tugendfreunde,

Sind *Gottscheds* Gegentheil und alle *Herrmanns* Feinde.

Entzückungsvoll nenn' ich die werthen Namen her:

Ein *Haller,* und mit ihm der, so den Praler schwer,

Und oft gezüchtigt hat, ein *Bodmer,* dessen Leyer

Jedwedes Hertz entflammt, in dem vom Tugendfeuer

Nur noch ein Funke glüht; und jener grosse Geist,

Der uns mit sich hinauf zu dem Olympus reißt,

[16] Mein *Klopstock;* und mit ihm der, so mit Engelszungen

Die Prüfung Abrahams an *Bodmers* Brust gesungen.

Mein *Cramer,* welcher itzt die heilge Laute nimmt,

Und sie, vom Geiste voll, nach Davids Harfe stimmt;

Den fernen Nord entzückt, und mit den neuen Saiten

Die Tempel staunend macht von Gottes Herrlichkeiten;

Ein *Gärtner, Rabener,* ein *Schlegel* und ein Utz,

Kleist, Sulzer, Giseke, Gleim, Meyer, stehn zum Schutz

Der guten Sache da; stolz, *Gellert,* dich zu nennen,

Seh ich dich, *Eberten,* und *Leßingen* entbrennen,

Mit *Rammlern, Gemmingen,* und *Huberten;* ihr Lied

Hat *Gottsched* nie gerühmt; doch jeder Deutsche glüht

Von reger Dankbarkeit, und fühlt, und preißt die Schriften,

Die bey der Nachwelt uns ein ewges Denkmal stiften.

[17] Und was am meisten dich durch sie vertheidgen kann,

Ist nicht der witzge Kopf, ist der rechtschaffne Mann.

Sieh nun die andern auch, die *Gottscheds* Waffen tragen.

Die Namen werden schon unwidersprechlich sagen,

Daß sie verachtenswerth, doch gar nicht furchtbar sind,

Und daß, wenn sie dich schmähn, dein Ruhm mehr Glanz gewinnt.

Ein *Schwabe* führet sie, der Stolz von ihrem Heere,

Der junge *Schönaich* spricht mit seinem Ritterspeere

Vernunft und Tugend Hohn. Ihm folgt die ganze Schaar,

Die Unsinn je geträumt, und Reime je gebahr,

Grammatikalisch recht, rein, fliessend, unvernünftig;

Und *Gottsched* preiset sie; und alle sehn sich künftig

Als Deutschlands Lehrer an, sobald als nur ein Blat

In seinem *Neuesten* ihr Wust beflecket hat.

[18] Ein plumpes Pöbelvolk. Sie ziehn dahin beladen

Mit manchem *Wörterbuch,* und mit *Bodmeriaden.*

Ihr unverschämter Spaß macht Sänftenträger roth;

Ihr Tadel ist Pasqvil, ihr Sinngedicht ist Koth.[2]

Die *Trillers* folgen nach; und *Pantke* hinkt mit *Hanken;*

Die *Krügers* und die Grimms; die Feinde der Gedanken,

Die leeren *Casparsons* und o! wer zehlet sie!

Allein wer kennt auch noch Geschmack und Poesie,

Der nicht dies Volk verschmäht? Laß drum den Kummer fahren,

O Göttinn, der dich drückt! Nur erst nach vielen Jahren

Ward *Miltons* Werth bestimmt; umsonst rast *Lauder nun.*

Will wider *Klopstock* nicht der deutsche *Lauder* ruhn;

[19] So ras' er! Ihn verfolgt durch alle meine Lande

Des strengen Satyrs Spott, und *Lauders*[3] ganze Schande.«

So sprach *Germanien.* Und neue Heiterkeit

Umfloß die *Poesie.* Ihr Kummer war zerstreut;

Ihr Auge lachte Muth auf ihre wahren Söhne,

Und Deutschland freute sich. Die feyerliche Scene

Zerfloß drauf nach und nach, so wie ein Thau, am Strand,

Bis vor der Muse Blick sie ganz und gar verschwand.

Fußnoten

1 Siehe die Briefe des *Voltaire* vor dem *Herrmann.*

2 Wer das Neologische Wörterbuch mit den Beylagen, und die *Schönaichischen* Sinngedichte ansehen will, wird diese Zeilen nach dem Buchstaben wahr finden.

3 *Lauder* gab vor einiger Zeit in Engelland vor, Milton habe sein verlohrnes Paradies meistens aus andern Poeten ausgeschrieben; aber nicht lange darauf wurde er seiner Betriegerey und Falschheit überwiesen, und gestand endlich selbst in öffentlichen Schriften seine schwarze Niederträchtigkeit. Herr Gottsched erhob einen großen Triumph über dies *Lauderische* Vorgeben, ob es gleich *Lauder* zu der Zeit schon längst wiederrufen hatte. So viel Mühe man sich nun gegeben, ihm diesen *Lauderischen* Wiederruf bekannt zu machen, so will er doch durchaus nichts davon wissen, sondern nimmt mit seinen Schülern noch immer seine Vorwürfe von diesen Beschuldigungen wieder das verlohrne Paradies her, und ist der deutsche *Lauder* noch verachtenswerther, als der englische.